Olga y el grito del bosque

*A Géraldine, por sus atentas lecturas
y sus maravillosos ánimos.*

Y a Bloom, *alter ego de* Monsieur...

Editorial Bambú es un sello
de Editorial Casals, SA

Título original: *Olga et le cri de la forêt*
© Éditions Amaterra, 2020

Derechos de la traducción gestionados a través de
Sarah Daumerie (SD Foreign Rights) y Ttipi agency,
Francia

© 2020, Laure Monloubou, por el texto y las ilustraciones
© 2022, Palmira Feixas, por la traducción
© 2022, Editorial Casals, SA
Casp, 79 – 08013 Barcelona
editorialbambu.com
bambulector.com

Diseño de la colección: Estudi Miquel Puig

Primera edición: septiembre de 2022
ISBN: 978-84-8343-820-6
Depósito legal: B-11175-2022
Printed in Spain
Impreso en Anzos, SL
Fuenlabrada (Madrid)

El papel utilizado para la impresión de este libro procede
de bosques gestionados de manera sostenible.

Olga y el grito del bosque

Laure Monloubou

Traducción del francés de
Palmira Feixas

bam
bú

EDITORIAL

Capítulo 1

Olga tenía ocho años y ya se había mudado seis veces.

Comer pastel de chocolate seis veces en una vida de ocho años es poco, cepillarse los dientes seis veces en ocho años es muy muy poco, pero cambiar de casa seis veces es mucho para una vida tan corta como la de Olga. Esas mudanzas frecuentes la obligaban a no tener nada más que lo estrictamente necesario: su cuarto cabía en una maleta pequeña. Así, cuando Bernard, su papá, se levantaba una mañana y, en pleno desayuno, anunciaba: «Queridas, ¡volvemos a marcharnos a la aventura!», Olga solo tenía que recoger sus cuadernos, su estuche, sus cuatro libros ilustrados, su conejo azul, sus cinco cartas para jugar, su bote de lápices de colores, su muñeca *Mirette*, su dado ¡y ya estaba lista! Entonces Bernard desmontaba la biblioteca del salón, Fédora, la mamá de Olga, se bebía de un trago el té, guardaba la taza en una caja de cartón junto con la tetera, todavía llena de una mezcla rusa que desprendía un olor delicioso a naranja y a Navidad, le daba un beso a su marido, vaciaba el contenido del frigorífico en la nevera portátil, colocaba la ropa en una caja, plegaba las sillas de *camping*, se apretaba el moño, su marido le mandaba un beso volado mientras lo cargaba todo en el coche, ataban el sofá en la baca, metían los colchones detrás, la cama de *Monsieur* encima y ¡que sea lo que Dios quiera, vamos, que nos vamos, a otra cosa, mariposa, me piro, vampiro!

Y así acababan los tres instalados en la banqueta delantera de su viejo Peugeot 403 Break del año 1957, heredado de una tía abuela que era muy moderna en su época. Se dirigían hacia nuevos horizontes, dejando atrás su última vida...

Capítulo 2

Esta historia empieza así, una mañana de viaje. Olga acababa de terminarse la rebanada de pan con mantequilla y mermelada, Fédora apenas acababa de infusionar el té cuando Bernard, que ya se había tomado el café, declaró:

–¡Ya va siendo hora de marcharse!

Al ver que sacaba las cajas de cartón, Olga lo comprendió. Su viejo coche pronto estuvo lleno a reventar. *Monsieur* tenía los bigotes alborotados, no decía nada, pero todo eso lo exasperaba un pelín. Olga había llenado su maleta; su cuarto, bueno, su antiguo cuarto estaba casi vacío, solo quedaban un somier y un armario blanco a juego. Por séptima vez, toda la familia se encontraba en la banqueta delantera del coche; por séptima vez, Olga tomaba la carretera y, como las veces anteriores, se preguntaba con cierta excitación: ¿hacia dónde?

Ya habían conocido el confort de una casita de campo de estilo inglés, la estrechez de una buhardilla parisina, la modernidad de una casa de diseño (con piscina), la sencillez de un bungaló en Las Landas, la inmensidad de un castillo demasiado frío, la calma de un chalé en medio de la nieve y, por último, la comodidad de un piso de tres habitaciones con cocina equipada en el duodécimo piso de un edificio construido en 1972. ¿Adónde irían ahora? En realidad, para Olga no era tan importante, a ella lo que le gustaba era estar allí, en la banqueta entre papá y mamá, contemplando los paisajes, las ciudades, las aldeas y a la gente al borde de la carretera, que parecía desfilar sin moverse. Le gustaba ver cómo anochecía, le encantaba observar las estrellas que aparecían detrás del enorme parabrisas, las veía brillar y pensaba que ya solo faltaba que despegase el coche y papá encontrara una bonita casa en la Luna. Olga se

dormía así, con la mejilla apoyada en el brazo de mamá, que debía de estar contándole cosas a papá.

—¡Ya hemos llegado! —anunció Bernard.

A Olga le costaba despertarse, un pequeño rayo de sol le restregaba los párpados, intentando abrirle los ojos.

—¡Esta casa es extraordinaria! ¡Mucho mejor que en la foto! —exclamó Bernard.

La verdad es que Bernard tenía una facilidad desconcertante para maravillarse y fascinarse, pese a su avanzada edad (rozaba los treinta y ocho años).

—¡Es increíble, Bernard! —le dijo Fédora embelesada, pues a ella también le encantaba lo fabuloso.

—¡Ay, Fédora, ya sabía que te gustaría! —contestó Bernard, dándole un beso a su mujer, antes de volverse hacia Olga.

Olga había salido del coche y contemplaba la casa: nunca había visto una así, aparte de en algunos libros de cuentos o en historias extraordinarias. Esta era de las más asombrosas y singulares que recordaba: excéntrica, envejecida por el tiempo, la lluvia y las estaciones. ¡Tenía ventanas por todas partes! ¡Ventanas grandes, pequeñas, redondas, alargadas, achatadas, ovaladas, larguiruchas, triangulares, abiertas y cerradas! Había tres pisos, un balcón en el segundo y una torre. ¿Quién no ha soñado alguna vez con vivir en una casa con una torre? Una torre con un tejado puntiagudo, con un pico rematado por una veleta, en la que ondeaba una bandera con unos dibujos que Olga no podía distinguir desde el suelo.

–¡Vamos allá, reinas! –cantó Bernard, blandiendo un manojo de llaves.

Capítulo 3

Bernard hizo girar la inmensa llave en la inmensa cerradura de una puerta principal de tamaño normal. Empujó el batiente y le hizo una reverencia a Fédora, invitándola a entrar, pero *Monsieur*, que siempre ponía todo su empeño en ser el primero en visitar cualquier nuevo lugar, se escabulló entre sus piernas. A Fédora le dio igual, sabía que *Monsieur* era muy susceptible en ese punto (y en otros que no puedo enumerar aquí).

Un sol suave acariciaba las paredes, rebotaba en el parqué y hacía danzar miles de motas de polvo. Fédora abrió las ventanas para dejarlas salir, de manera que fueran a vivir al bosque que había junto a la casa. El parqué chirriaba a cada paso. Bernard iba palpando las paredes para comprobar su grosor y su solidez.

–¡Oh! ¡Qué caserón tan recio! ¡Tengo el presentimiento, queridas, de que aquí vamos a estar de perlas!

Olga observaba a su padre dar golpecitos a los tabiques. A ella la solidez de las casas no le preocupaba lo más mínimo; para el poco tiempo que iba a quedarse, no tenía ninguna importancia.

En la planta baja estaban el salón, con su chimenea, y la cocina y un despacho; una preciosa escalera de madera conducía al primer piso, donde había dos cuartos, y luego la escalera continuaba hasta el segundo, donde había dos habitaciones más, y, por último, terminaba en el tercero, donde había un único dormitorio y otra escalera de caracol, muy estrecha, que llevaba a la torre.

Bernard ya estaba en el piso de arriba, con los brazos abiertos, dando vueltas sobre sí mismo, feliz como una perdiz.

–¡Mirad qué cuarto tan maravilloso! Será nuestro escondite, nuestra biblioteca y nuestro observatorio, ¡aquí estamos muy cerca de las estrellas! Fédora, cielo, ¿estás contenta?

–¡Sí, Bernard!

–¿Y tú, Olga, mi vida?

Bernard cogió a su hija en brazos, Olga descubrió su mirada alegre y le respondió con una gran sonrisa.

Adondequiera que fueran, ¡Olga podía elegir su cuarto! Aquí, enseguida se decidió por el del tercer piso, que, lo reconozco, también habría sido mi elección: estaba en la última planta, era tranquilo, bastante grande, pero no demasiado, y, además, tenía tres ventanas (una cuadrada y dos redondas) que daban al bosque, desde las cuales Olga vería ciervas corriendo y saltando, ¡seguro! Era la mejor habitación de la casa (sin contar la de la torre, claro; ¿quién no ha soñado alguna vez con tener una torre?; realmente, ¡era increíble!). Fédora y Bernard ya habían descargado el coche y se estaban preparando un café en la cocina. *Monsieur* había encontrado su lugar, cerca de la chimenea del salón. Él era muy previsor: así se reservaba su sitio para las noches de invierno (aún corría el mes de junio). No se olvidaron del sofá, idealmente situado enfrente de la chimenea, muy cerca de un viejo armario que ya estaba allí y de un piano de pared que nadie había tocado en mucho tiempo.

En el cuarto de Olga había:

- una fabulosa cama con dosel, en la que colocaron su colchón;
- un viejo escritorio, con muchísimos cajoncitos, donde estudiaría con mamá o con papá;
- una pequeña estantería, perfecta para los libros de Olga.

A Olga le encantaban los libros; solo tenía cuatro, pero le parecían un tesoro. Estaban llenos de dibujos extraños, de grabados, de imágenes increíbles con bestias que salvan a princesas o ranas que hablan con caracoles.

Las cuatro paredes del cuarto estaban cubiertas por un maravilloso papel pintado: representaba pequeñas escenas encantadoras con conejos, uno que se comía una zanahoria y otro que saltaba, repetidas centenares de veces. Era precioso, desde luego, pero en un rincón estaba estropeado y descolorido. Al ver la cara de decepción de Olga, Bernard le prometió que lo arreglaría cuanto antes. Mientras tanto, ella podía empezar a arrancarlo, ¡lo cual es un gustazo! Al día siguiente, pues, Olga se dedicaría a quitar el papel pintado, pero decidió que guardaría algunos retales, porque esos conejitos eran monísimos.

Capítulo 4

La primera noche fue razonablemente bien, aunque siempre es difícil descansar en un lugar que no conoces. Las lucecitas que se filtran por las rendijas de las ventanas no están en el mismo sitio y puede ocurrir que, a oscuras, no encuentres el camino para ir al cuarto de baño. Por suerte, Olga no tuvo esa necesidad y durmió como un tronco.

Después de un desayuno abundante, todo el mundo estaba preparado para una jornada de limpieza y de orden en la nueva casa. Bueno, todo el mundo no... *Monsieur* tenía otros planes. Se tumbó dentro de la chimenea. Al parecer, aún tenía sueño. Fédora limpiaba los revestimientos de madera, llenando las estancias de ese dulce olor a cera que recuerda a las casas de las abuelas. Bernard se encargaba de re-

parar los escalones que se tambaleaban y las astillas del parqué que, sin querer, podrían clavarse en los pies. La casa iba volviendo a la vida mientras el aire del campo entraba por todas las ventanas, incluso por las más pequeñas.

Olga se esmeraba en quitar el papel pintado de su cuarto recortando los conejos uno a uno, para no estropearlos. Había empezado por una esquina de la parte inferior derecha y seguía metódicamente el zócalo. Iba despegando trocitos de papel y, al mismo tiempo, iba descubriendo la pared que había justo detrás. Al arrancar el decimosexto trocito, en el que había dibujado un conejo que se comía una zanahoria, Olga se dio cuenta de que el zócalo, que debería haber seguido su camino a lo largo del parqué, formaba un ángulo de noventa grados y subía en línea recta. Continuó arrancando el papel siguiendo esa nueva dirección. Ya no prestaba tanta atención a los conejos; incluso cortó uno por la mitad, en el lugar exacto donde el zócalo volvía a ser horizontal. Olga continuó rascando el papel pintado a toda velocidad y, de nuevo, ¡el zócalo cambió de dirección! ¡Volvía a bajar hacia el suelo! Esta vez, Olga rasgó un buen trozo de papel pintado y observó su hallazgo: el zócalo dibujaba un rectángulo y, en medio, había una puerta. Una puerta diminuta de madera, apenas más alta que un antebrazo y no más ancha que una mano, una mano de adulto, ya se entiende. Y, como todas las puertas, tenía una manilla y una cerradura, una manilla pequeñísima y una cerradura minúscula. Olga había dejado de moverse, a su alrededor había un montón de conejos tumbados en el suelo, todos contenían el aliento.

Olga se puso en cuclillas delante de la puertecita y acercó la cara. Examinó la puerta, alargó la mano y, delicadamente, cogió la pequeña manilla de latón entre el pulgar y el índice y luego la hizo girar. La puerta se resistió; estaba cerrada con llave. Olga insistió un poco, pero no hubo manera: estaba cerrada a cal y canto. Olga se dejó caer al suelo. Miraba la puerta; no, de hecho, miraba el agujero de la cerradura, pensando que, si había una cerradura, en alguna parte tenía que haber una llave.

Capítulo 5

Un delicioso olor a pollo asado anunció a Olga que era la hora de comer. Colocó la pequeña estantería delante de su hallazgo. Prefería no enseñárselo enseguida a sus padres. Uno no descubre un misterio en su cuarto todos los días, y ese misterio era todo suyo, dado que lo había encontrado ella. Olga quería conservarlo como un secreto. Todo el mundo sabe lo agradable que es tener un secreto propio, de nadie más: ahí estás, con tu secreto, que nadie ve; es una sensación maravillosa. Bueno, la verdad es que también es muy agradable compartir un secreto con alguien especial que sepa guardarlo y apreciarlo. Alguien con quien Olga podría haberse imaginado todo lo que había escondido detrás de esa puerta, alguien con quien buscar la llave. Pero Olga no tenía nadie con quien compartirlo. Tenía a *Mirette*, por supuesto, su muñeca, a quien quería tanto como si fuera una persona, pero a veces le habría gustado tener una amiga o compañeros, como en la escuela. Olga no iba al colegio; siempre le habían dado clase Bernard o Fédora. De todas formas, Olga no podía compartir sus secretos.

Bajó corriendo las escaleras de dos en dos. *Monsieur* también se había movido, iba dando la vuelta a los pies de la mesa de la cocina con su gracilidad habitual: ¡le chiflaba la piel del pollo!

Sus padres habían abierto una buena botella de vino para celebrar esa primera comida en su nueva casa y Olga bebía un zumo de lichi. Antes de conocer a Olga, yo no sabía (como os pasará a vosotros, probablemente) que existía el zumo de lichi; el lichi era uno de sus sabores favoritos, junto con el albaricoque y el pomelo.

Fédora y Bernard no dejaban de hablar sobre la distribución de las estancias de la casa: en la planta baja, la cocina, el salón y su dormitorio; el primer piso era perfecto para instalar un despacho para cada uno, en el lado este para ella y en el oeste para él, así ella podría practicar el canto sin molestar a nadie y él podría trabajar en sus traducciones del latín contemplando las puestas de sol. El segundo piso no serviría para nada, cosa que lo volvía muy especial, ¡el tercero sería el de Olga y la torre se convertiría en una biblioteca ideal!

Olga engullía el pollo sin fijarse, de lo absorta que estaba en la puertecita y en la llave que debía de abrirla. Fédora, que conocía perfectamente a su hija, le pasó una mano por el pelo para que volviera con ellos: la miró con una expresión interrogante y entonces Olga le sonrió y empezó a masticar el pollo a conciencia, para demostrarle que todo iba bien.

Para terminar a lo grande la comida, decidieron dar un paseo por los alrededores y por el bosque contiguo.

Capítulo 6

Olga repitió de postre tres veces, cosa que sorprendió a Bernard y a Fédora, porque no formaba parte de las costumbres de su hija. Pero la niña tenía un plan: ¡así le sería más fácil alegar que le dolía la barriga para no participar en el paseo digestivo! Olga raras veces mentía a sus padres, pero tenía que indagar como fuera en la historia de la puerta. Así que, después de comer, se dio unos golpecitos en el estómago, mirándolos con ojos de cordero degollado…

–¡Ay, Olga, hija mía, has comido demasiado! –le dijo Fédora preocupada–. Túmbate en el sofá.

El plan iba sobre ruedas.

–Descansa, cielo –añadió papá, cogiéndola por los hombros–; solo daremos una vuelta para conocer el bosque, volveremos enseguida.

–¿Crees que podemos dejarla aquí sola, querido?

–No tardaremos; mientras tanto, puede descansar un poco. *Monsieur* la cuidará.

El gato entreabrió un ojo, se lamió una pata y se la pasó por detrás de la oreja: podían contar con él.

Olga fue tambaleándose hasta el sofá; en realidad, era muy buena actriz. Se dejó caer encima de los cojines, con ademán grave. Fédora le dio un besazo y Bernard le sopló en el cuello. Le dijeron adiós con la mano antes de abandonar la cocina. Olga esperó unos minutos, entonces levantó la cabeza y, por la ventana, vio a sus padres en la linde del bosque, a punto de adentrarse en la espesura.

Monsieur, que no había nacido ayer, la miraba con ojos interrogantes. Olga se puso un dedo en los labios para pedirle que le guardara el secreto, se levantó y subió a su cuarto. El minino soltó un largo suspiro, se estiró y siguió a Olga por las escaleras. Aquello no pintaba bien, por eso se tomó su papel muy en serio.

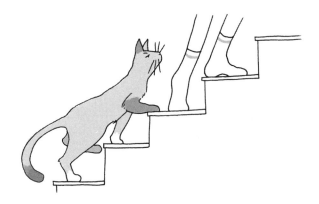

Olga apartó la estantería. La puertecita seguía allí. *Monsieur* observaba a Olga, le parecía increíble que gastara tanta energía, aunque la puerta no lo sorprendió tanto: un gato no se asombra por cualquier cosa. La niña intentó abrirla de nuevo, pero seguía igual de bien cerrada. Si Olga hubiera podido, habría puesto la oreja contra la puerta y quizá habría oído algo... Pero a Olga no le funcionaban bien los oídos. No oía las voces, ni las notas musicales, ni los maullidos. *Monsieur* le lamió la mano para arrancarla de sus pensamientos, ella le sonrió y luego llamó a la puerta, tres golpecitos; ¡igual alguien le abriría! Volvió a llamar, esta vez dando cuatro golpes, pero nada. No sabía qué hacer. Se le ocurría una solución, aunque era demasiado radical y poco discreta: romper la puerta con un hacha, pero más valía no pensar en ello. ¿Os gustaría que alguien destruyera la puerta de entrada de vuestra casa para conoceros? No, así que Olga dejó sus reflexiones en ese punto y volvió a colocar la estantería delante de la pared.

Cogió a su muñeca *Mirette* y se tumbó en la cama. *Monsieur* se acurrucó contra ella y Olga se durmió profundamente.

Capítulo 7

Cuando Olga se despertó, ya había oscurecido. *Monsieur* se había marchado. Olga se puso en pie, bajó por las escaleras y no encontró ninguna luz encendida. Apretó el interruptor de la cocina: todo estaba igual, la mesa seguía sin recoger. Subió a los pisos de arriba para buscar en todas las demás estancias de la casa: no había nadie. Olga no podía llamar ni gritar, miró fuera y vio el coche; al menos, sus padres no se habían marchado, pensó. Pero no habían regresado del bosque; si no, habrían recogido la cocina y habrían subido a darle un beso, a despertarla, a ver si ya se encontraba mejor. Olga se echó a llorar, no sabía qué hacer, de repente se sentía muy sola, se arrepentía de no haber ido a pasear con sus padres, se arrepentía de haberles mentido, estaba llorando

a lágrima viva. El suave pelaje de *Monsieur* le acarició las piernas, ella lo cogió y lo abrazó con todas sus fuerzas, hundió la cara en el vientre cálido de su gato y lo sintió ronronear, cosa que la reconfortó: ¡no estaba sola!

Monsieur le lamía las mejillas para consolarla, pero tampoco acababa de comprender qué ocurría.

Olga, que era una niña muy valiente, se instaló en la mesa de la cocina e intentó pensar, aunque no es fácil reflexionar cuando te sientes tan angustiado. *Monsieur* estaba sentado encima de la mesa y la miraba; parecía estar aguardando a que ella le diera instrucciones ¿o tal vez solo esperara los restos de la piel del pollo? De repente, Olga se levantó, se sonó de manera muy ruidosa con una servilleta y volvió a su cuarto. *Monsieur* saltó elegantemente de la mesa y la siguió. Olga se detuvo delante de la estantería, sabía que había algo detrás de aquella puerta, debía abrirla como fuera, teniendo en cuenta el giro que habían dado los acontecimientos. Desde luego, ¡carácter no le faltaba! Así, pues, empujó el mueble. *Monsieur* empezó a olfatear al pie de la puertecita. Algo había. Olga se acercó y apartó a su gato; por debajo de la puerta, salía un trozo de papel. La niña lo cogió y se lo acercó a la cara: ¡era un sobre, un sobre pequeñísimo, no más grande que un sello! Encima había dibujado un signo de interrogación microscópico. Todo se mezclaba en la cabeza y en el cuerpo de Olga: ¡estaba inquieta y exaltada y tenía miedo y se alegraba de haber encontrado aquel sobre! *Monsieur* parecía impaciente: ¡tenía que abrirlo! Entonces, muy suavemente, Olga despegó el sobrecito y sacó un trozo de papel doblado. Lo desdobló e, incluso entonces, era diminuto. La página estaba llena de varios dibujitos minúsculos. Alguien vivía detrás de aquella puerta y trataba de comunicarse con Olga...

Capítulo 8

Olga se aproximó a la lámpara del escritorio
para ver mejor y entonces descubrió los dibujitos
del papel. El primer dibujo representaba a un hombre al lado de dos piñas, una encima de la otra: Olga
comprendió enseguida que era el autor de la carta,
que le estaba indicando su altura (ya os he dicho que
era muy lista). El segundo dibujo representaba un
árbol; Olga frunció el ceño: un árbol... Continuó, ya
lo repasaría más tarde; le encantaban los acertijos,
seguro que lo resolvería. También había un gato, ta-
chado con una cruz roja: *Monsieur* puso mala cara
y pareció interesarse por el siguiente dibujo, que representaba la casa, muy reconocible por los distin-
tos pisos y la torre. En el último dibujo se veía una
especie de bloque de viviendas, con un montón de

ventanas... ¡y una flecha con una llave dibujada en la punta!

Olga se quedó pensativa: en los alrededores no había ninguna otra casa, ni mucho menos un edificio. Entonces ¿qué representaba aquel dibujo? *Monsieur* suspiró: esos misterios empezaban a cansarlo; además, ya se acercaba la hora de comer y se daba cuenta de que no iba a saciar su hambre. Olga siguió pensando, dándole vueltas al trocito de papel, pero no se le ocurrió nada.

Entonces sacó su libreta, arrancó una página, cogió un lápiz y empezó a bosquejar: se dibujó a sí misma, con una piña a sus pies, y también retrató a *Monsieur* (que se reconoció enseguida) y, a su lado, trazó dos corazones con un precioso color rojo: debía hacerle comprender al hombrecito que no tenían malas intenciones.

Por último, dibujó la llave seguida de un signo de interrogación. Olga examinó su dibujo por última vez, bastante orgullosa, dobló el papel y lo deslizó por debajo de la puerta. El papel desapareció al instante, al cogerlo el habitante que había justo detrás. *Monsieur* saltó del escritorio, olfateó debajo de la puerta y estornudó.

Capítulo 9

Al cabo de unos instantes, volvió a aparecer el papel. *Monsieur*, que estaba al acecho, enseguida le puso las almohadillas encima y lo deslizó con cuidado hacia Olga, que lo desdobló: alguien había añadido un corazoncito al lado del dibujo que la representaba a ella y también algunos detalles que completaban el retrato de *Monsieur*, como humo saliéndole de las orejas y de otras partes. Este levantó una ceja: ¿qué clase de energúmeno había hecho eso? Olga sonrió, lo cual no estaba tan mal. Por último, junto al dibujo de la llave, aparecía lo que la niña al principio había tomado por un edificio: enseguida comprendió que se había equivocado y se dio la vuelta. ¡No era un edificio, sino el escritorio de su cuarto, con todos sus cajoncitos, que ella había tomado por ventanas!

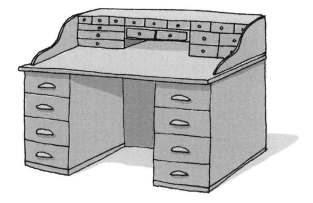

A Olga no se le había ocurrido: ¡la llave estaba ahí, justo delante de sus narices! Se puso de pie de un salto, se plantó delante del escritorio y empezó a abrir los cajones uno a uno. El primero estaba vacío; el segundo, lleno de botones; el tercero, de margaritas marchitas; el cuarto estaba vacío... *Monsieur* iba arañando los cajones, olfateando; ya no aguantaba más. El quinto cajón estaba repleto de clips de papel; en el sexto había sellos antiguos usados, en el séptimo, un carrete de hilo; en el octavo, conchas; en el noveno, un billete azul de tiovivo... *Monsieur* se sentó, suspirando. El décimo contenía viento; el undécimo, un poco de polvo; el duodécimo, un capuchón de boli; el decimotercero, una pluma; el decimocuarto, unos guijarros; el decimoquinto, un trozo de lana; el decimosexto... En el decimosexto, contuvieron el aliento: *Monsieur* miró a Olga, Olga miró a *Monsieur*.

En el decimosexto había una llave, ¡una minúscula llave esperándolos! El gato se acercó, los bigotes se le estremecieron. Era la llave que buscaban. Olga la cogió; aunque era muy pequeña, pesaba bastante, era una llave de verdad. Tenía una etiqueta pegada, en la que había escritas estas palabras: «No abrir nunca la puerta (bajo ningún pretexto)».

Olga aún no sabía leer.

Acercó la llave a la cerradura, la introdujo y la hizo girar.

Capítulo 10

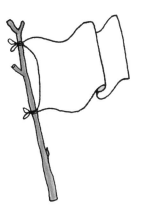

La puerta se entreabrió. Olga y *Monsieur* la miraban fijamente, sin moverse. De repente, apareció una minúscula mano que agitaba una tela blanca. Olga sabía qué significaba aquello, era una manera de decir: «Todo en orden, soy bueno, no me hagas daño». La enérgica manita no dejaba de moverse, seguía sacudiendo el tejido. Olga y *Monsieur* se miraron, este levantó una ceja: a ese paso, ¡aún tardarían en conocer la continuación de la historia! Así que se permitió soltar un «miau» bastante amistoso. Como respuesta, una minúscula bolita le dio en la frente: un hombrecito había cruzado la puerta y llevaba una cerbatana en la boca. Repitió su ataque y, ¡pum!, le impactó otra bolita entre los ojos. *Monsieur* resopló, exasperado. ¿Aquel gnomo se daba cuenta de que podría zampárselo de un bocado?

Monsieur se acercó, su morro casi tocaba la diminuta nariz del hombrecito, que ya no se movía; con la cerbatana todavía en la boca, intentaba disparar de nuevo, pero se puso tan nervioso que se tragó la bolita y entonces su mirada pasó del miedo a la sorpresa, empezó a toser y se puso colorado. Olga cogió a *Monsieur* en brazos y lo agarró fuerte. Miró al hombrecito, que gesticulaba, que tosía mientras se daba golpecitos en el pecho y se iba poniendo rojo; lo estaba pasando mal, ¡había que hacer algo! Entonces Olga lo cogió por una pierna y le dio la vuelta, como si fuera un salero: ¡lo que había entrado tenía que salir! Lo sacudió con fuerza y, de repente, la bolita cayó al suelo. Olga sonrió. ¡Qué pequeño es!, pensó. En efecto, el hombrecito medía dos piñas de alto (de las pequeñas), llevaba una camisa blanca, unos pantalones beis y unos botines (debía de calzar un 0,21).

Olga lamentó que no llevara un bonito gorro como los duendes, le habría quedado precioso. El hombrecito gesticulaba, señalaba el suelo, Olga no dejaba de mirarlo, mientras él la maldecía.

El hombrecito seguía cabeza abajo. Olga por fin lo comprendió y lo dejó suavemente de pie en el suelo. El hombrecito se sacudió, se repeinó el pelo castaño y rizado, se aclaró la garganta y empezó a hablar. Olga no podía oír, pero el común de los mortales tampoco habría captado nada: la frecuencia de su voz era tan aguda que habría hecho falta un oído muy fino para percibirla, tan fino como el de los gatos. *Monsieur* sí que lo oía, pero era un gato y, como sabéis, hasta que se demuestre lo contrario, ¡los gatos no hablan! En fin, que la situación parecía atascada. Olga le sonrió para transmitirle que hacía todo lo posible por entenderlo, mientras le señalaba sus orejas, que no funcionaban. El hombrecito se iba poniendo nervioso, hervía de rabia por no lograr comunicarse. ¡Seguía igual de colorado que antes! A su lado, *Monsieur* se alegraba de no saber hablar: si era para repetir tonterías así, ¡no le interesaba, gracias! El hombrecito calló y regresó a la pared. ¡Vaya, lo hemos ofendido!, pensó Olga. *Monsieur* se lamió una pata. Sabía que ese hombrecito desagradable y maleducado iba a volver.

Capítulo 11

Efectivamente, al cabo de unos segundos, el hombrecito volvió tocado con un gorro verde, que a Olga le entusiasmó. Debajo del brazo llevaba varios rollos de papel. *Monsieur* olfateó al pequeño habitante de la pared: olía a diente de león y a mosca, por lo que aún le pareció más antipático. Olga fue a buscar sus primeras cartas, las dejó en el suelo, el hombrecito se inclinó sobre ellas, le señaló el árbol y abrió los ojos como platos, apretando los dientes. ¿Qué significaba aquel árbol? Olga lo miraba, interrogante. Entonces el hombrecito cogió un diminuto lápiz que tenía en un bolsillo y se puso a dibujar más árboles junto al primero. Pronto hubo una hilera de árboles minúsculos en la hojita de papel: ¡un bosque! ¡Era el bosque!

A Olga se le empañaron los ojos otra vez. Sus padres estaban en el bosque, ¿correrían peligro? ¿Qué había en él? ¿Por qué le ocurría esto a ella? ¿Por qué no había ido con ellos? El hombrecito hacía gestos, mímica, caminaba, dibujaba, daba vueltas sobre sí mismo, pero Olga no entendía nada, estaba cansada, lloraba a lágrima viva. Fuera había anochecido, ella estaba con un gato y un duende al que no entendía. Le habría gustado cerrar los ojos y que todo volviera a ser como antes. *Monsieur* se acercó a Olga, no sabía qué hacer, era tardísimo, todos estaban agotados, pensó: Lo consultaremos con la almohada, mañana será otro día. Se acurrucó entre los brazos de Olga y le hizo mimos. Ella se secó la nariz, se tumbó en el suelo, mirando al hombrecito, que dibujaba como presa de un arrebato creativo y no dejaba de hacer garabatos. Olga intentó resistirse, pero el calor reconfortante de *Monsieur* y el cansancio se apoderaron de ella. Lo último que vio antes de dormirse fue al hombrecito, que intentaba arrancar la etiqueta pegada a la llave.

Capítulo 12

La luz suave de la mañana despertó a Olga. Al darse cuenta de que tenía la espalda dolorida, comprendió que no había sido un sueño; al ver los papelitos en el suelo, supuso que sus padres no habían regresado. Se frotó los ojos para estar más despabilada y se frotó la espalda para estirarse mejor. El hombrecito tampoco estaba. Al cruzar la mirada con *Monsieur*, Olga supo qué era lo primero que debía hacer: ¡desayunar! Bajó a la cocina, despejó la mesa, llenó el fregadero con la vajilla sucia, sacó dos cuencos, leche, cacao, cortó pan y empezó a comer. Excepcionalmente, *Monsieur* se tomó la leche con cacao encima de la mesa: en situaciones extremas, se pueden hacer excepciones. Olga lo miró: *Monsieur* siempre había estado presente, incluso antes de que ella naciera. La consolaba, la protegía. Olga respiró hondo, estaba feliz de tenerlo a su lado. Este se bebía el cacao a lengüetazos, deleitándose. También miraba a Olga y reponía fuerzas; sería un día largo, lleno de obstáculos, probablemente sorprendente e intenso; sería el día en el que encontrarían a los padres de Olga, si no..., pues, si no, ¿qué iban a hacer ellos dos, solos?

Olga le acarició la cabeza a *Monsieur*; ya era hora de ponerse en marcha. Volvieron al cuarto. La niña observó los papeles del suelo, el gato se reconoció varias veces en diferentes ilustraciones, en las que raras veces salía favorecido: aquel hombrecito que olía a diente de león no le decía nada realmente útil, tendría que permanecer al acecho y cuidar de su joven dueña. Había muchos dibujos nuevos, algunos repre-

sentaban el bosque, la casa y la torre; también se adivinaba a Olga y al duendecillo. En una de las hojitas, el duende había dibujado un hombre y una mujer. ¡Papá y mamá!, pensó Olga. Pero ¿adónde había ido el hombrecito, por cierto? La minúscula puerta estaba cerrada. Olga llamó... Nada. ¿Estaría en la torre? Fue al pie de la escalera de caracol, cogió impulso y subió trepando. La sala estaba vacía, Olga solo recordó a su papá, el día anterior, dando vueltas allí en medio. Se le llenaron los ojos de lágrimas, pero pensó que llorando no iba a encontrar a sus padres. Entonces Olga descubrió al hombrecito en el alféizar de la ventana; le señalaba el bosque.

Olga sintió que el corazón le latía más deprisa: ¡tenían que ponerse en marcha! *Monsieur*, por su parte, estaba convencido de que aquel individuo ocultaba algo, pero ¿qué? No confíes en un tipo que huele a mosca, se repetía *Monsieur*. El hombrecito saltó al suelo y le hizo una señal a Olga para que lo siguiera.

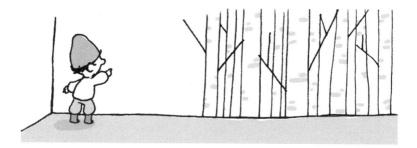

Bajó las escaleras a toda prisa y, una vez en el cuarto de Olga, recogió los dibujos, fijándose en el del bosque, en el que también había representado a Olga, a sí mismo y a *Monsieur*.

El hombrecito se dirigió a *Monsieur*, sabiendo que el gato lo entendería. Este canturreaba en su cabeza, ¡no quería escuchar a ese gnomo de poca monta por nada del mundo! ¡Ya bastaba! ¡A esa hora, él solía estar tumbado en el sofá, disfrutando de un buen disco, mientras esperaba la hora de la comida! No iba a prestarle atención a un gnomo. Pero también veía la cara de desesperación de Olga, que no oía nada, que no comprendía nada... Entonces se resignó a mirar a ese maldito hombrecito.

–¡Ah! ¡Por fin! Escúchame, gato, llevadme al bosque. Nosotros ir bosque. Ellos allí. ¿Tú comprender yo?

Monsieur suspiró, más valía no discutir con esa clase de individuo. Se lamió la pata y pensó en Olga.

–Gato..., ¿tú comprender yo? ¡Ellos allí!

El duendecillo le enseñaba un papel, señalando los árboles que había dibujado y los dos adultos. Tenían que ir al bosque.

–Ellos allí... –repitió *Monsieur*.

Capítulo 13

Olga, que era muy previsora, llenó su mochila: el pan que sobraba y chocolate para salir del paso, galletas de sardina, un botellín de agua y un ovillo de lana. *Monsieur* se enorgullecía de ser amigo de una niña tan lista; pensó que, cuando terminara todo eso, tendría que darle muchos mimos. Olga fue a buscar a *Mirette*; ¡mejor cuatro que tres! Se puso los zapatos y la rebeca. *Monsieur* salió tal cual, seguido por el duendecillo. Olga cerró de un portazo, sin echar la llave; había dejado un dibujo en la mesa de la cocina, por si acaso volvían sus padres.

El grupito abandonó la casa y se dirigió hacia el bosque.

–Gato, llévame a lomos –pidió el duende.

Monsieur miraba fijamente una brizna de hierba, fingiendo que no lo oía.

–Gato, ¡LLÉVAME A LOMOS O, o, o… ¡LE LANZO UN HECHIZO A LA NIÑA!

¿Cómo? ¡Otra vez! ¡Menudo traidor! ¡Qué bellaco!, pensó *Monsieur*. Un individuo que huele a mosca y… ¡Tenía razón al desconfiar de él! ¿Cómo po-

día avisar a Olga? ¡Aquel duende era maléfico! ¡Un diablillo, sí! *Monsieur* podría zampárselo de un bocado, pero entonces ¿cómo iban a encontrar a los padres de Olga? No había nada que hacer, tendría que tragarse la humillación: el duende lo montaría como si fuera un caballo. *Monsieur* se arrodilló, pues, y dejó que el duendecillo se encaramara a su lomo. Le clavó la mirada a Olga, pero la niña le sonrió. Desde luego, el hombrecito y el gato parecían llevarse bien...

Atravesaron el campo; el sol calentaba las hierbas altas, que le hacían cosquillas a Olga en las pantorrillas. Cuando llegaron al bosque, un soplo frío los estremeció a los tres. La niña fue la primera en adentrarse en la espesura; entonces sacó de la mochila el ovillo y ató con fuerza el extremo de la lana alrededor de un tronco, para encontrar el camino de regreso a casa. *Monsieur* se dio la vuelta y le echó

un vistazo al duende: a él no se le habría ocurrido un truco así, seguro; ¡tirar bolitas sí!, pero pensar un poco... *Monsieur* siguió a Olga, no la dejaría ni a sol ni a sombra.

Aquel bosque era de lo más corriente: árboles, hojas en las ramas, algunas setas, hiedra que trepaba por los troncos, musgo verde y suave... No, nada permitía presagiar que pudiera esconder algún peligro.

El pequeño cortejo marchaba a buen paso; el duendecillo, que iba a lomos de *Monsieur*, estaba en guardia: se daba la vuelta a menudo y, de vez en cuando, escrutaba las profundidades del bosque. El gato intentaba pensar en la comodidad del sofá para no notar las ramitas que se le clavaban en las almohadillas. ¿Y Olga? Estaba inquieta, sin duda, pero no solo eso: en su interior, sentía una agitación rara, una emoción desconcertante que era más fuerte que el miedo; se encaminaba hacia una aventura, iba a

salvar a sus padres, estaba entrando en una de esas imágenes que había visto en los libros.

A medida que avanzaban, el frío se iba volviendo más penetrante. Olga se abrochó la rebeca, el hombrecito se abotonó el chaleco y a *Monsieur* le pareció que este aún se acurrucaba más entre los pelos de su lomo. Como una pulga gigante, pensó al principio el animal, pero, de hecho, le confortaba tener a esa criatura tan cálida a lomos. A él también le habría gustado estar en brazos de Olga, pero debía ser valiente y demostrarle a ese duende que era un gato valeroso.

Capítulo 14

Olga no sabía cuánto tiempo llevaban caminando, las piernas empezaban a flaquearle, entre los árboles había una fina neblina, ni un solo rayo de sol se filtraba a través de las ramas y su rebeca ya no la protegía nada. *Monsieur* tenía los bigotes medio congelados, y al hombrecito, envuelto en su pelaje, le temblaba todo el cuerpo. Entonces empezaron a caer copos de nieve y las hojas que había en el suelo cristalizaron. El bosque se quedó paralizado por el frío y el hielo.

En general, a Olga le encantaban esos momentos de invierno en los que veía caer los primeros copos de nieve, se pasaba horas y horas jugando con ella, sabiendo que luego volvería al calor de su hogar y seguramente su mamá le habría preparado unas

galletas con un gran cuenco de chocolate caliente; sí, entonces le gustaba el frío del invierno, pero en aquel bosque, donde la primavera debería haber empezado a sembrar las primeras yemas, no le encontraba ninguna gracia. A *Monsieur* solo le gustaba el invierno si estaba resguardado detrás de los cristales de la ventana. Siempre encontraba algún radiador o alguna chimenea encendida que le permitía esperar pacientemente a que volviera a lucir el sol.

Allí, además del frío, se oía un ruido más frío que el frío, agudo y penetrante, que se metía en los oídos y zumbaba en la cabeza. *Monsieur* agitaba la suya constantemente de un lado a otro para sacudirse el ruido: ¡era como si tuviera una mosca dándole vueltas por dentro del cráneo! El duendecillo también se debatía contra el frío y el ruido, se había puesto en las orejas las bolitas que usaba de proyectiles, cosa que atenuaba el sonido, pero no era suficiente. Olga los observó rascarse las orejas sin comprenderlo, se detuvo y se arrodilló a su lado. Acarició la cabeza de *Monsieur*, que la sacudía frenéticamente; el duende parecía gritar algo, con la boca abierta, dejando entrar el frío en su interior; gesticulaba tanto que se cayó de la montura, en el suelo empezó a patalear y a rodar ovillado, hasta que se dio un golpe en la cabeza. ¡Estaba histérico! Y, de repente, nada, el hombrecito se quedó paralizado, petrificado encima de una hoja, con una estalactita colgando de la nariz, que se le había vuelto azul...

¡Ay, no! ¡No, no!, pensó Olga. Se volvió hacia *Monsieur*, que estaba maullando y rascándose las orejas; quiso cogerlo, pero el animalillo se agitaba dema-

siado: ¡arañaba, resoplaba y escupía! Jamás de los jamases le habría hecho daño a Olga, pero en aquel momento había perdido el control. Con la boca abierta como si quisiera gritar, se desmayó.

Olga estaba tiritando. Miró a su gato tumbado en el suelo, con el pelaje erizado por el frío y el dolor, lo cogió en brazos y lo apretó contra ella. Las lágrimas de la niña no tenían tiempo de correr por sus mejillas, se le petrificaban en el contorno de los ojos. *Monsieur* no iba a abandonarla allí, sola, se despertaría y le lamería la mejilla para decirle que todo iría bien... Pero no se despertaba. Olga se abrió un poco la chaqueta y metió a *Monsieur* dentro, luego se la cerró con el gato acurrucado contra ella.

Tan acurrucado contra ella que sintió una leve palpitación en el vientre: el corazón de su gato aún latía. Entonces Olga cogió delicadamente al duende,

se lo pegó a la mejilla y también sintió una ínfima vibración. Se lo puso dentro de la rebeca, envuelto por *Monsieur*, que lo mantendría caliente. Luego se esmeró en taparles los oídos. Quizá les molestara algo, tal vez de esta manera estarían protegidos. Así fue como el gato y el hombrecito acabaron con una miga de pan a modo de tapones para los oídos.

Olga avanzaba sola, el espantoso ruido del bosque no le afectaba, pero la niebla era cada vez más espesa y el frío, más intenso. La niña ya no se sentía los pies en los botines...

Capítulo 15

Sin embargo, hubo un tiempo en el que aquel bosque había sido feliz. Los árboles, las flores, los animales, el viento y los duendes vivían en una armonía perfecta, como debe ser. Una familia de duendecillos se había instalado en un viejo árbol con el tronco hueco; un árbol cálido y acogedor, donde Pilord, el padre, había construido una confortable vivienda. En el centro había una mesa con sendas sillas y, alrededor, formando un círculo, había dispuesto una estufa de leña, una alacena, un perchero, un armario para las escobas, una cama (la de Plate, el niño), un armario, otra cama (la de Pilord y Pétule, su mujer), un escritorio, un barreño para el agua, una librería y la estufa de leña, que volvía a cerrar el círculo. En aquel bosque se encontraba todo lo que puede desear cualquier duende: bayas y setas en abundancia, agua en el río, amigos, roedores y pájaros con quienes compartir placenteras veladas, belleza y la protección de los árboles. Las estaciones desfilaban plácidamente; en invierno, los copos de nieve se posaban en las ramas; la primavera les devolvía los colores; en verano disfrutaban de la sombra; el otoño teñía los árboles de rojo a partir de octubre...

La vida simplemente podría haber continuado así. Pero llegó un invierno en el que todo se trastocó; las aguas se congelaron, las reservas se agotaron y escasearon las piñas para calentar la estufa. Aquel invierno, Pilord y su mujer se morían de frío, de hambre y de agotamiento. El tronco de su árbol ya no los resguardaba; el bosque, antaño tan acogedor, se había convertido en una trampa. El duende sabía que en la linde había una casa, porque varias veces había sisado semillas y migas de galletas en la cocina. Se pusieron sus jerséis, sus gorros, se llevaron todo lo que pudieron y salieron al bosque, en dirección a la casa. Papá

Pilord conocía el camino, larguísimo para las piernas de los duendecillos. Además, la nieve no ayudaba: a veces una botita se les hundía tanto en ella que se quedaba allí y tenían que ir a buscarla, para que no se les congelara un pie. Por fin apareció la linde del bosque y distinguieron la casa a través de las ramas. Aunque Plate estaba agotado y empapado y enfrascado en sus pensamientos, se hizo esta reflexión: era una casa un poco rara, pero le gustaba que tuviera una torre; incluso le parecía algo extraordinario; aunque él solo hubiera vivido en árboles huecos, ¡le encantaba! La pequeña familia, creyéndose prácticamente a salvo, hizo acopio de fuerzas para salir del bosque, subir los pocos escalones de la entrada y buscar alguna brecha en el muro por la que deslizarse. Por fin podrían descansar, sin pasar frío y protegidos. Quizá hasta los acogería la familia a la que Pilord había visto durante sus escapadas.

Capítulo 16

Aunque ellos lo ignoraban, habían echado a la hermosa familia que vivía allí... y la nueva dueña no tenía corazón ni piedad. Aquella mujer era tan dura, tan fría, tan cruel, que vivía completamente sola, sin contar a *Rhinite*, su gato, que temía por igual su carácter y su voz. En efecto, costaba horrores escucharla: el sonido que salía de su boca era tan desagradable, tan molesto, tan estridente, que ningún ser humano podía soportarlo. ¡Qué más daba! Se apartó del mundo y encontró aquella casa aislada: si nadie la quería, ¡ella no querría a nadie! Detestaba dos cosas por encima de todo: los ratones y los duendes. Ratones ya no tenía, su gato se los había comido todos; en cuanto a los duendes, no estaba segura de que todavía existieran, teniendo en cuenta cómo había cambiado el mundo.

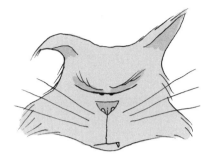

¡Menuda sorpresa se llevó cuando vio a *Rhinite* con sus tres trofeos!

Sí, había atrapado a Pilord y a su familia. Mientras se secaban a sus anchas frente a la chimenea, vieron que llegaba el gato, pero no sospecharon de él, porque nunca habían temido a ningún animal, así que no se dieron a la fuga. Cuando comprendieron que *Rhinite* no iba a charlar con ellos ni a ayudarlos a instalarse, ya era demasiado tarde. ¡Acabaron entre sus garras! ¡Ya solo faltaba que los matara!

–¡Espera! –gritó la mujer con su voz estridente–, ¡no te los comas! ¡Tengo una idea!

Los tres duendecillos cerraron los ojos. ¡Qué voz! Era como si alguien empujara un guijarro por una placa de hierro, ¿sabéis?

Aquella mujer, que era diabólica de nacimiento y poco dada a la clemencia, prefirió, antes que matarlos, imponerles un horrible suplicio. En una pared de la casa, abrió una pequeñísima habitación, con una pequeñísima puerta, que nadie podría ver y que sería su cárcel. Tres jergones, un ladrillo a modo de mesa, una pequeña bombilla como única luz ¡y punto! Metió a la familia allí, la encerró con llave, riéndose, bueno, chirriando, como esas rejas oxidadas que raras veces se abren.

Los duendes vivieron así durante un tiempo, alimentándose de las sobras que les dejaba la mujer y de las moscas que conseguían atrapar. Por debajo de

la puerta, veían pasar la sombra de *Rhinite,* que solo esperaba una cosa: ¡que su dueña se olvidara de cerrarla con llave para devorarlos de una vez!

Pilord no se resignaba a aquella nueva vida; durante varias semanas, estuvo reflexionando, urdiendo, pensando, borrando, volviendo a empezar, y acabó elaborando un plan, calculándolo todo para escaparse; no podía seguir así. Pero a veces, como sabéis, incluso siendo muy precavido, la vida te juega malas pasadas y te preguntas qué has hecho para merecer eso (nada, sin duda, pero la vida es así: a veces sonríe y otras veces no).

Capítulo 17

Pilord había observado que *Rhinite* dormía mucho, sobre todo a mediodía, entre las doce y cuarto y las cuatro de la tarde, de manera que debían huir durante ese lapso de tiempo. Había fabricado una especie de llave maestra, ensamblando un pasador para el pelo de Pétule y un pequeño tornillo que había arrancado del suelo a costa de un gran esfuerzo; rascando suavemente en la cerradura con esa llave, ¡logró abrir la puerta y salir, por fin! ¡Su pequeña familia había escapado de la cárcel! Y, aunque la casa olía a cerrado y a sopa pasada, saborearon la libertad de todas formas. Pero ya os habréis dado cuenta de que todo eso no era lo más complicado, lo más difícil era llegar al exterior pasando por delante de las narices, o de los bigotes, de *Rhinite.*

Pilord creía conocer los horarios del gato y sabía que la siesta era uno de sus pasatiempos favoritos, pero aquel animal era astuto y pícaro y había aprendido a fingir que dormía: en cuanto oyó el leve chasquido de la puerta, se le estremecieron los bigotes. Estaba echado bastante cerca, con las patas dobladas debajo del cuello y los ojos cerrados, esperando. De vez en cuando, entreabría un ojo y observaba a los tres duendecillos que avanzaban por el parqué, con sus botitas que apenas rozaban la madera. Por dentro, *Rhinite* estaba exaltado: ya se imaginaba dando un mordisco a los duendes como acompañamiento de su cuenco de leche.

Esperó un poco más y luego, como ya no podía aguantar, ¡se abalanzó sobre ellos! Pétule gritó,

Pilord blandió un trocito de madera y Plate sopló en la cerbatana que le había fabricado su padre. Pero su coraje y su valentía no bastaron; *Rhinite* no tardó ni dos minutos en doblegar a toda la familia. Para colmo, justo entonces pasó por allí la horrible mujer.

–¡*Rhinite*!, ¿qué es lo que me escondes? –exclamó con su espantosa risa, tan horriblemente estridente, tan monstruosamente chirriante, peor que la tiza en la pizarra, que un tenedor en un plato, solo de pensarlo se me pone la carne de gallina...

El gato, con el pelo erizado, supo que no podría comerse a los duendecillos.

–¡Habéis sellado vuestro destino, panda de duendes estúpidos! ¡Seréis zoquetes! ¡Por mí, perfecto!

La mujer era realmente cruel. Encerró al padre y a la madre en una jaula para duendes y los obligó a presenciar el espectáculo del castigo de Plate.

–¡Despedíos! –dijo riéndose a carcajadas.

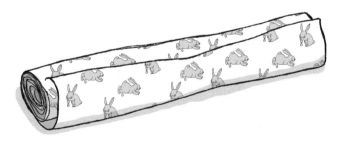

Empujó a su hijo hasta la pequeña cárcel de la pared. Hizo una última señal a sus padres e intentó sonreír antes de que su mano descarnada cerrara la puerta tras él. Pétule lloraba a lágrima viva, en brazos de Pilord, que apretaba los puños. La mujer hizo girar la minúscula llave en la diminuta cerradura y luego le pegó un papelito donde escribió algunas palabras. Por último, como allí cerca había un escritorio que no servía para nada, escondió la llave en un cajón. Ojalá se hubiera detenido ahí, orgullosa de su maldad, pero no, se le ocurrió una idea más malvada todavía... Salió del cuarto, dedicando una sonrisa diabólica a Pétule y Pilord. La oyeron registrar y revol-

ver los armarios, cerrando bruscamente los cajones, fascinada por sus hallazgos. Al cabo de poco, volvió cargada de rollos y de pinceles.

Pétule se desmoronó. La mujer cubrió todas las paredes del cuarto de papel pintado, sin dejar de silbar. Así escondió la minúscula puerta. Su idea le parecía brillante. Miró a Pétule y a Pilord, que se habían quedado paralizados ante tanta crueldad.

–¡Y vosotros, al bosque! –chilló.

Se puso las botas de agua, la chaqueta y el abrigo antes de coger la jaula. Salió de la casa dando un portazo, con *Rhinite* pisándole los talones, y se adentraron en el bosque.

Entonces ocurrió lo siguiente: mientras iba caminando, la mujer pensaba que pronto los abandonaría en algún lugar, donde se los comieran los animales. Estaba tan ensimismada saboreando aquella fantástica tarde y su propia genialidad que no vio un hoyo, justo delante de ella, y se cayó dentro. Más que un hoyo, era un antiguo pozo, tan profundo que parecía no tener fondo.

El caso es que la mujer se cayó dentro y, al sujetarse a la cola de *Rhinite*, lo arrastró consigo, mientras soltaba un grito agudo, un alarido horrible, que no se acabó nunca y que detuvo en seco toda la vida del bosque: la naturaleza y los animales no lo soportaron y pronto ni siquiera el sol penetró en aquel lugar. El chillido seguiría resonando y cualquiera que se acercara al bosque se convertiría en una estatua de miedo y de frío...

En la casa ya no se oía ni un ruido. Ni a nadie. Plate pensaba que había llegado su hora, que se moriría allí, tras una vida tristísima cazando moscas y entreviendo la luz del sol por debajo de la puerta.

Hasta que un día oyó alboroto de nuevo en la casa: ¿habría vuelto la mujer?

Y luego alguien llamó a su puerta.

Y ya sabéis cómo sigue la historia...

Capítulo 18

Así es como nuestra valerosa Olga se encontró aterida de frío, sin fuerzas para caminar ni apenas para pensar. En aquel momento, lo único que deseaba era dormirse y soñar con el calor, con el fuego de la chimenea, con estar bien apretada entre su papá y su mamá en la banqueta delantera de su viejo coche... Se dejó caer de rodillas al suelo: se rendía, no iba a salvar a nadie, era demasiado pequeña y estaba demasiado cansada...

A veces ocurre, te das por vencido, piensas «Da igual», crees que todo ha terminado... y a menudo es entonces cuando aparece una última esperanza, una pequeñez, una señal ínfima; hay que prestar mucha atención para que no se te escape, porque quizá te pueda salvar. Y Olga supo verlo. Al disiparse una nube de niebla, por un instante, por un brevísimo instante, Olga distinguió algo, aguzó la vista, había dos siluetas a unos pasos de ella, justo allí, y mientras la niebla volvía a espesarse, reconoció a su mamá y a su papá. Olga abrazó un poco más fuerte a *Monsieur.* ¡Eran ellos! ¡Le habría gustado gritar, llamarlos, decirles que la esperaran, que ya llegaba! Se puso en pie y se dirigió hacia ellos; no la habían visto, no corrían hacia ella, no le hacían ninguna señal. Olga se aproximaba con dificultad, con *Monsieur* a cuestas. Bernard y Fédora seguían sin moverse, ella estaba muy cerca, sus padres queridos estaban allí, estaban realmente allí...

Pero ellos también se habían convertido en estatuas. Olga pudo tocarlos, pero tenían la piel fría; Olga pudo verlos, pero tenían la mirada vacía. El tiempo se detuvo, Olga ya no pensaba nada, ya no sentía nada, ya no sabía nada, esta vez sí que todo estaba perdido... Entonces ¡sintió un golpecito brusco en las costillas! ¡Y otro! Fue como si Olga se despertara, parpadeó varias veces y agachó la cabeza buscando los ojos brillantes de *Monsieur*. Ovillado en su fino jersey, este iba volviendo a la vida. Olga notó que el calor de su gato la invadía. ¡No todo estaba perdido! ¡*Monsieur* había vuelto!

Entonces observó a sus padres. Parecía que gritaran, con las manos en los oídos, los ojos de su papá y de su mamá miraban algo, sí, parecían fijarse en un punto preciso. Olga lo buscó, pero no vio nada, nada aparte de un hoyo, un hoyo negro en medio del blanco del hielo. Olga reflexionaba, no entendía nada, mientras que el duendecillo lo sabía todo, pero no podía ayudarla. Inspeccionó los alrededores y vislumbró una jaula; al acercarse, descubrió que dentro había dos duendes más, también petrificados, con las manos en las orejas. Olga contempló la escena. ¿Por qué ella no se transformaba en una estatua? ¿Qué tenían los demás que a ella le faltara?

Pero Olga no había acertado al formular la pregunta; más bien tendría que haberse planteado: ¿qué tenía ella que los demás no?

Capítulo 19

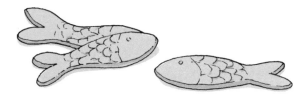

Olga miró a *Monsieur*: se lamía las patas, procurando que su pequeño pasajero no se cayera. El duendecillo seguía durmiendo, había recuperado el color y parecía soñar; se agitaba un poco y, cuando giró la cabeza, Olga descubrió la miga de pan que le había puesto en la oreja. ¡Claro! ¡A *Monsieur* también le había puesto pan en las orejas! ¡Ahora se acordaba! ¡Y su papá y su mamá se tapaban los oídos, igual que los duendecillos de la jaula! Olga se tocó una oreja. ¡Claro! ¿Por qué no lo había entendido antes? Seguramente el frío le hubiera paralizado un poco las ideas, pensó. El frío y toda esa historia. ¡Imaginaos en su situación, sin padres, sin oír nada, atrapados en un bosque, ateridos, sin amigos! ¡Ya veis que no era tan fácil! Olga fue volviendo en sí y, al ver que *Monsieur* también, que tenía el hocico rosa otra vez, recuperó la esperanza. Y, aunque seguía haciendo un frío que pelaba, se sentía más fuerte. Observó de nuevo la escena a su alrededor. Su gato había asomado la cabeza y así estaban: Olga de pie con una cabeza de gato que le salía por debajo del cuello de la rebeca. Tenía la mirada clavada en su mamá: Fédora miraba fijamente ese hoyo, lo señalaba, se lo enseñaba. Olga se acercó. *Monsieur* se aferró a su chaqueta, tenía un poco de vértigo, lo cual es muy raro en un gato, pero él pensaba que eso le daba un encanto especial. Olga se acercó al hoyo, que era del tamaño de una boca de alcantarilla. Iba con cuidado para no resbalar, dentro solo veía oscuridad, negrura, no distinguía nada. Continuó avanzando y entonces sintió un soplido en la cara, o más bien una vibración, sí, una vibración, como cuando papá subía el volumen de la radio del coche a tope y entonces Olga percibía la música que salía por los altavoces. De aquel agujero se escapaba una onda extremadamente potente. Esta vez, Olga lo entendió enseguida: la causa de todo era aquel ruido procedente de las entrañas de la tierra, un ruido que a ella no le afectaba.

¡Tenía que actuar! De acuerdo, lo primero: Olga recogió hojas, ramas, hierbas, todo lo que encontró bajo la nieve, y construyó un gran nido, donde dejó al duendecillo, a *Monsieur* y a *Mirette*, y después los abrigó con unas hojas. El gato sabía que era por su bien, pero también sabía que, cuando todo eso terminara, se daría un buen baño. Sintió un gran respeto por la muñeca, que permanecía imperturbable. Olga buscó algo en la mochila, encontró las galletas de sardina y las colocó delante de *Monsieur*; este la miró: ¡adoraba a Olga, siempre la adoraría! A continuación, sacó el pan que le quedaba, no para reponer fuerzas engulléndolo, no, no, lo calentó poniéndoselo en la barriga, lo aplastó, hizo unas bolitas perfectas, cuatro, para ser exactos, y se las introdujo en las orejas a sus padres. Luego hizo otras, con unas migas diminutas, para los duendes, a quienes logró alcanzar a través de los barrotes. Los dos duendes se parecían mucho a su duendecillo, pensó Olga asombrada. Ahora que todos tenían los oídos tapados, ella debía hacer una elección, una elección dificilísima.

Capítulo 20

Al final, Olga se había dirigido hacia su madre; tenía que empezar por uno de los dos, pensó. Le rodeó la cintura con las manitas, la abrazó tan fuerte como pudo, le frotó vigorosamente la espalda y las piernas. La frotó, la frotó, la frotó; si conseguía hacerla entrar en calor, se despertaría, como *Monsieur*. Olga apoyó suavemente la cara en la barriga de Fédora, cerró los ojos y se hizo una promesa: «Si vuelve a ser mi mamá, juro que siempre seré amable, que me cepillaré los dientes, que nunca más mentiré, y...». De repente, Olga recibió un pequeño codazo en la cabeza: ¡un primer reflejo! Olga pensó que jamás volvería a ser tan feliz en toda su vida... y que siempre tendría que ordenar su cuarto. Primero, su mamá movió la cabeza, después las manos, luego se tocó las orejas y, poco a poco, logró agacharse para abrazar a su hijita.

Se miraron, antes de ir corriendo a abrazar a Bernard. *Monsieur* había salido del nido y ya le estaba calentando los pies.

¡Por fin la familia estaba reunida de nuevo! Fédora y Bernard abrazaron a Olga con todas sus fuerzas. Sonreían, estaban asombrados y felices a la vez. Bernard cogió a su mujer y a su hija de la mano, decidido a marcharse de allí. Pero Olga los detuvo y los acompañó hasta el nido, donde descubrieron al duendecillo dormido.

¿Sabéis qué? Cuando eres adulto, ocurre algo: ocurre que eres adulto y entonces ya no crees ciertas cosas. Para un niño, es muy sencillo aceptar que un duende vive detrás de una pared; vosotros mismos, si descubrierais un duende, seguro que estaríais entusiasmados, pero los adultos no se lo creerían, tendrían que frotarse los ojos, abrirlos como platos, cerrarlos, volver a abrirlos, y seguirían sin creérselo, pensarían que tienen un problema en el cerebro o que es una alucinación a causa de un problema en el cerebro. Pero resulta que los padres de Olga tenían algo especial y, al ver al duendecillo, simplemente se sorprendieron. Fédora lo cogió con delicadeza, juntando las dos manos, y le sopló muy suavemente en la barriga. El duendecillo empezó a rascarse la nariz, luego la espalda y por fin abrió los ojos: en su carita se dibujó una expresión de terror, cerró los ojos al instante y se acurrucó, sin moverse más. Fédora le hizo cosquillas en la espalda, le rascó un poquito el pelo y entonces el duendecillo abrió un ojo, los miró, reconoció a Olga y a *Monsieur* y puso mala cara. Se levantó de golpe. Empezó a gesticular, a saltar, a hablar, a ir de un lado para otro por la palma de la mano de Fédora. Por fin se detuvo; Olga le tendía los brazos. Lo llevó hasta la jaula. El hombrecito se echó a llorar. Entonces Bernard abrió la jaula. Fédora y él cogieron a un duende cada uno. Tenían que volver a casa cuanto antes: estaban protegidos del ruido, pero el frío no les daba tregua y pronto iba a anochecer. Olga recogió su mochila y a *Mirette* y luego ató la otra punta del ovillo de lana a un árbol, así encontrarían el camino para regresar a casa y podrían seguirlo para volver allí. Porque tendrían que volver y zanjar ese asunto.

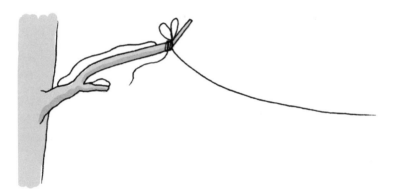

Capítulo 21

El fuego crepitaba en la chimenea; por la ventana, se veían las estrellas, que centelleaban. Estaban todos reunidos en el salón, devorando los deliciosos *syrniki* que había preparado Fédora. Ya no quedaba ni una sola miga de pan en ninguna oreja, pero nadie decía ni pío, estaban mudos, confusos aún por la aventura. ¿Cómo habían acabado en el sofá, comiendo unas creps rusas con unos duendecillos, después de haberse pasado horas transformados en estatuas en un bosque? Como comprenderéis, no les faltaban razones para estar desconcertados. Y aquel ruido espantoso... ¿qué era? ¿Y aquel hoyo?

Al final, Pilord tomó la palabra, pero casi no lo oían, tenían que aguzar muchísimo el oído y, aun así, su voz era tan fina que apenas percibían sus palabras. Entonces Fédora tuvo una idea: fue corriendo a su despacho y volvió con un altavoz y un micrófono. Colocó el micrófono encima de la mesa, lo encendió y le propuso al duende que hablara.

–SOY PILORD.

Fédora bajó un poco el volumen.

–Soy Pilord, ella es Pétule y él, nuestro hijo Plate.

Y entonces, de pie en la mesilla del sofá, Pilord les contó toda la historia.

Olga la siguió gracias a los signos que le hacía su papá a medida que hablaba el duende. *Monsieur* lo escuchaba lamiéndose concienzudamente la pata derecha; ese tal *Rhinite* enseguida le pareció muy antipático, además de un pésimo representante del género felino. Al hablar de la mujer, los duendes se indignaban, se irritaban y se enfurecían; Pétule tenía los ojos llenos de lágrimas y abrazaba a su hijo. Plate también tomó la palabra, contó cómo lo había encontrado Olga y que al principio se había asustado: ¿cómo iba a saber que ella no era cruel, aunque fuera una humana de tamaño medio? Además, estaba el gato. Explicó que quiso llevarlos al bosque para que lo ayudaran a encontrar a su familia. No sabía que ella también buscaba a sus padres, pero sí que podría ayudarlo si se encontraban con la horrible mujer... Olga le sonreía, comprendía por qué Plate había hecho todo eso. *Monsieur* también lo comprendía, aun-

que habría preferido que no lo montara como a un caballo.

Bernard hizo varias preguntas sobre la mujer, el hoyo y el bosque. Pilord le contestaba con detalle: cómo se había caído la mujer, que la jaula había salido volando por los aires antes de aterrizar en el suelo, el grito y nada más. Confesó el miedo que había pasado por Plate, solo detrás de la pared. Pilord hablaba por los codos. Al final, Bernard y él decidieron que ya era hora de acostarse.

–¡Todos a la cama! –dijo Bernard.

Pero, al darse la vuelta, vio que Fédora, Olga y *Mirette* ya se habían dormido en el sofá, con los dos duendes en brazos. *Monsieur* había encontrado un hueco en el regazo de Fédora y roncaba. Bernard le ofreció un cojín a Pilord para que se tumbara y él se arrellanó en un sillón. Las llamas de la chimenea les daban calor y el sueño se apoderó de ellos al instante.

Capítulo 22

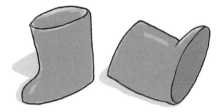

¡*Monsieur* **no entendía** por qué todos querían regresar al bosque! ¿Acaso no estaban bien allí? Hacía buen tiempo, tenían comida de sobra, se encontraban en plena forma, estaba llegando el verano y él incluso empezaba a apreciar la compañía de Plate. Así se podía vivir muy bien: allí no llegaba aquel horrible ruido. *Monsieur* observó que todos andaban atareados. Bernard había sacado varios tablones de madera, que ensamblaba entre sí para aumentar su solidez. También había encontrado una cajita de tapones para las orejas, que usaba a veces cuando tenía que concentrarse en sus traducciones del latín y su mujer estaba vocalizando al lado. Fédora estaba preparando sándwiches (a *Monsieur* le chiflaban: una rebanada de pan de molde, una loncha de queso, una loncha de jamón, una loncha de queso, una rebanada de pan de molde; *Monsieur* lo llamaba «sándwich lonchas») y Olga... Pero ¿dónde estaba Olga?

Estaba en el tercer piso con la familia de duendes; los cuatro de pie ante la minúscula puerta. Plate y sus padres la miraban como si fuera a abalanzarse sobre ellos y a devorarlos, Pétule estaba hecha un mar de lágrimas. En el suelo, aún se veían los dibujos de la víspera. Plate fue corriendo hasta el escritorio y recogió la llave que había escondido detrás de una de las patas para dársela a Pilord. Este se dirigió hacia la puerta y, con la mano temblorosa, hizo girar la llave en la cerradura. Cuando la puerta de madera se abrió, salió un olor tan acre que Olga no pudo evitar taparse la nariz. Pilord se inclinó para echar un vistazo al interior, se dio la vuelta para mirar a su mujer y a su hijo y luego, tras dudar un poco, entró. Al cabo de unos instantes, volvió a salir cargado de bolsas y de ropa pequeñísima.

–¡Ya lo he cogido todo, Pétule, no volveré nunca más!

Tras esas solemnes palabras, eligió un jersey violeta, unos leotardos azules y un par de guantes. Amarillos, los guantes. Olga observó cómo se movían los duendecillos al ponerse varios calcetines y jerséis; lamentaba no oírlos y también le daba rabia no poder hablar con ellos... Pero, pensándolo bien, sus lamentos se desvanecieron. Al menos conocía a unos duendes, pensó, ¡y no todo el mundo podía decir lo

mismo! Olga era muy consciente de lo que no tenía, pero también sabía apreciar lo que sí; ese es un secreto para vivir bien, apuntadlo en algún lugar.

Bernard, como de costumbre, anunció que era la hora de salir: se reunieron delante de la escalera de entrada de la casa. Lucía un sol radiante, pero todos llevaban parkas, anoraks, jerséis y pasamontañas. *Monsieur* también: Fédora le había puesto un jersey de cuando Olga era bebé. La escena podría haber parecido cómica, pero todos sabían lo que les esperaba en el bosque y no les apetecía reírse (sobre todo *Monsieur*). Bernard cogió los tablones de madera, una pala pequeña y repartió un poco de cera para que se taparan los oídos. Luego levantó el dedo pulgar y todos le contestaron de la misma forma; parecían submarinistas en el fondo del océano, haciendo gestos sencillos para asegurarse de que todo va bien. Los siete formaban una especie de grupo de buceadores, pero al aire libre. Los duendecillos subieron a una cesta que había preparado Fédora pensando en ellos: ella los llevaría del brazo, al lado de los sándwiches, arropados con trapos. Todos miraron el bosque; ya iba siendo hora de emprender el camino.

Bernard abrió la marcha, a paso firme, seguido por Olga y *Monsieur*; Fédora cerraba la pequeña fila india que serpenteaba entre las altas hierbas y se adentró entre los árboles.

Capítulo 23

Gracias a nuestra ingeniosa Olga, no tuvieron que buscar el camino para encontrar aquel lugar. El extremo del ovillo de lana roja seguía allí; cuanto más avanzaban, más rígida y blanca se volvía la lana, quebradiza como un vaso a causa del frío. Esta vez, el pequeño grupo no temía el aire glacial. De todas formas, durante el camino, Olga había cogido a *Monsieur* en brazos: él no llevaba botas, había observado ella. Por fin llegaron al pozo; ya solo tenían que ejecutar el plan de Bernard, que era bastante sencillo: tapar el hoyo.

Fédora dejó la cesta en el suelo. Pilord estaba rabioso (los duendes tienen mucho carácter, es un hecho), frustrado por no poder ayudar. *Monsieur* lo miraba, él no se sentía de más, de manera que se instaló cómodamente en la cesta: así sería mucho más útil, vigilando los sándwiches y dando calor a los duendecillos. ¡Él no era un egoísta! Olga se había acercado al hoyo, notaba el grito en la cara, intentaba distinguir algo en la oscuridad, pero no se veía nada, debía de ser extremadamente profundo, pensó. Recogió un guijarro de la nieve y lo limpió con su manopla: era muy redondo, parecía muy suave, un poco gris, un poco azul. Olga lo tiró al pozo. El guijarro no cayó al fondo, volvió a subir despacio hacia Olga, flotaba en el aire, vibrando y danzado ante sus ojos: la onda era tan potente que empujaba el guijarro.

Olga miró un rato más cómo volaba; aquella piedrecita azul que oscilaba así en el aire, dando vueltas sobre sí misma, era increíble, era preciosa, pensó Olga, aunque fuera a causa de aquel grito horrible...

Entonces alargó el brazo, cogió el guijarro y se lo guardó en un bolsillo, para quedárselo.

Bernard se aproximó y colocó los tablones de madera sobre el hoyo. Lo tapaban perfectamente, pero había que sujetarlos, porque el chorro era potente. Fédora se puso encima de los tablones con Olga. Plate salió de la cesta, seguido por Pilord y Pétule; los duendecillos también se instalaron encima de los tablones. Allí estaban los cinco, apretados los unos contra los otros, como si se encontraran en una islita.

Bajo sus pies, notaban que el chorro rascaba la madera. Bernard recogió las piedras más grandes que encontró y las puso encima de los tablones. Al cabo de poco, hubo suficientes como para que todos pudieran apartarse de allí encima y participar en el entierro. Bernard y Fédora se dieron prisa. Olga lanzaba gravilla; Plate, Pilord y Pétule arrojaban minúsculos puñados de tierra, y *Monsieur*, que se había sumado a ellos, empezó a arañar el terreno con sus patas traseras. Bernard cogió la pala y empezó a cavar en el suelo helado del bosque, porque tenían que cubrir las piedras y no era tarea fácil, de lo duro que estaba el terreno. Sin embargo, a medida que cavaba, le parecía que la tierra se iba volviendo más blanda y el frío, menos frío. Continuó excavando y, al cabo de poco, un rayo de sol dorado atravesó las ramas, y del hoyo negro solo quedó un montón de tierra.

Olga miró a su alrededor: ¡todo había cambiado! El bosque estaba recuperando los colores...

Capítulo 24

El cielo se había vuelto dorado y, a través de las ramas, se adivinaba el sol de poniente. Todos estaban agotados y felices; resplandecientes, contemplaban su trabajo. Se sonreían, se daban besos, lloraban. *Monsieur* rodeó la cesta: ¡aún no se habían comido los sándwiches! Se tomaron el tiempo de saborearlos, hicieron un picnic en medio del bosque resucitado. Olga suspiró: ¡qué aventura había vivido allí! ¡Había salvado a su mamá y a su papá, había conocido a un duendecillo! Plate también suspiró; ha-

bía salvado a sus padres, había conocido a una niña: ¡qué aventura, pero qué aventura!

Antes de marcharse, Plate enterró una bellota que había encontrado debajo del hielo en medio del montón de tierra, justo encima del pozo. Luego recogieron sus cosas, las palas, las mochilas. Los tres duendecillos echaron un último vistazo a la jaula, que continuaba en el suelo: ¡las jaulas para duendes no deberían existir! Luego emprendieron el camino de vuelta a casa, siguiendo de nuevo la lana roja. Durante el trayecto de regreso, nadie se quitó los tapones de los oídos; todos permanecieron un rato más en el mundo de Olga.

Capítulo 25

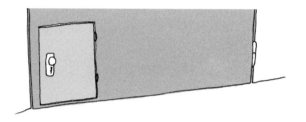

Y luego (ya lo sabéis, así es) la vida retomó su curso; poco a poco, todos encontraron su lugar. Plate y su familia se instalaron en la casa; bueno, en una casa dentro de la casa, en el segundo piso. Bernard les había construido una cabañita preciosa, una auténtica casa de muñecas, pensaba Olga. Cada uno tenía su dormitorio, incluso había un salón y un cuarto de la colada; ¡Bernard había pensado en todo! Pero bueno, el mejor salón era el de la casa grande, donde se reunían todos al final del día para charlar, escuchar música, hacer crucigramas, hojear libros, dibujar o tricotar. Bernard había quitado la puerta de la pared del cuarto de Olga por petición de la familia de duendes, había tapiado el tabique y, tal como le había prometido a Olga, había puesto un nuevo papel pintado, muy bonito también (con árboles y estrellas).

Bernard encajó la minúscula puerta en la puerta principal, de manera que los duendecillos pudieran entrar y salir a su antojo. Tenían la llave. Olga les fabricó muebles y toda clase de pequeños objetos, con la ayuda de Fédora y de Pétule. Olga sabía que a partir de entonces viviría allí, con su familia y con Plate, Pétule y Pilord, con *Monsieur* y con *Mirette*. Ya no se mudarían. Bernard ya no volvería a hacer las maletas así como así, una mañana cualquiera. To-

dos habían arraigado en aquella casa. En la torre, las paredes estaban cubiertas de libros, habían instalado un telescopio en la ventana para contemplar las estrellas y observar a las ciervas corriendo y dando brincos cerca del bosque. El cuarto de Olga se parecía a todos los dormitorios infantiles: con el paso de los días, se iba llenando de trozos de madera, de dibujos en las paredes (minúsculos y grandes), de nuevos libros, de guijarros y de otros tesoros que solo saben ver los niños.

Y, si tuvierais curiosidad por abrir el decimoséptimo cajón del escritorio, encontraríais dos conejos: uno que se come una zanahoria y otro en pleno salto.

Capítulo 26

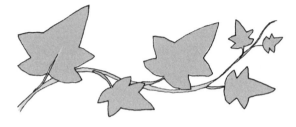

La vida también volvió al bosque; ya no hacía frío, los animales habían regresado, las ardillas corrían por los árboles, los conejos cavaban madrigueras, las estaciones habían recuperado su ritmo y el canto de los herrerillos había sustituido aquel espantoso grito. La hiedra había recubierto la jaula y la pequeña bellota había crecido: sobre el montón de tierra, un arbolillo todavía frágil había echado raíces. Si seguís la lana roja, lo encontraréis, y si ponéis la mano bien abierta sobre el tronco, probablemente sintáis una ligera vibración.

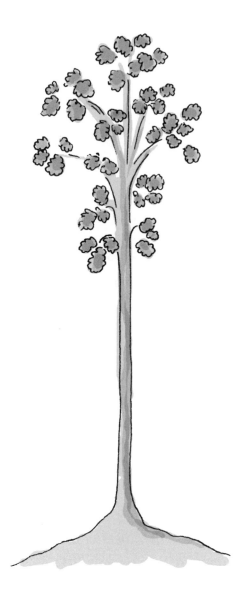

Gracias a Didier, que me presentó a Chrysostome, que conoce el mundo de las personas sordas.

Gracias a Anne-Laure por sus amables correos electrónicos llenos de buenos consejos.

Gracias a Michaël por su apoyo y su amabilidad.

Gracias a Carole y a todas las buenas estrellas que me rodean, que me enseñan el camino cuando estoy paralizada y perdida en el bosque.

Y gracias a mi Gaspar, que encontró la diminuta llave debajo del parqué. ¡Me maravillas!

Índice

Laure Monloubou

Laure Monloubou nació en París, pero creció en las montañas de Jura, donde descubrió la alegría de dibujar (y de esquiar). Trabaja en una librería en Lyon, pero siempre encuentra tiempo para escribir historias para los más pequeños en las que la ternura y el humor son los protagonistas.

Bambú Jóvenes lectores